현대시세계 시인선 178

# 달은 왜 물고기의 눈이 되었을까

김미외
시집

KB193321

# 달은 왜 물고기의 눈이 되었을까

김미외
시집

도서
출판 북인

## 시인의 말

삭아서 부러져
밑둥만 남은
고목에
꽃잎이 내려앉습니다.
시로 읽힙니다.

네 번째 시집입니다.
비틀걸음이지만
여러분들의 도움으로 여기까지 왔습니다.
모든 분들께 감사드립니다.

시 쓰기를 참 잘했습니다.


2025년 3월
김미외

# 차례

1부

# 육각형의 우주를 떠돈다

한 마리 벌이 다가온다
나는 벌의 오른편에 서 있기도 했고 왼편에 서 있기도 했다
벌은 내 앞에 서기도 했고 뒤에 서기도 했다
나는 벌을 피해 몸을 돌리며 손사래친다
시간의 선들이 구부러진다
오일선 이십일선 육십일선 백이십일선
아래로 곤두박질치는 황금빛 날카로운 날들이
육각으로 구부러지고 육각처럼 단단히 조여 높게 높게
치솟는다
나의 우주는 육각형에 갇혔다
단꿈을 꾼다 우주 가득 꿀이 채워졌다
땀방울에 젖은 침이 포근히 마르는 중이다
아무도 꿀을 찾는 이 없고 꿀은 차고 넘쳐 흥건하다
꿈이 끝나갈 무렵까지 아름다움은 계속되고
꿈에서 깨어난 나는 잠의 가장자리
막막함에 둘러싸여 허물어진다
나는 육각형 우주에 갇혔다
조금만 더 조금만 더를 만지작거리며
부스스한 하루가 지나간다

## 유목민의 첫소리

여전히 오늘의 상자를 전개도의 선을 따라 접는다
예정된 현실 같다고 생각하면서
사라진 들판을 생각하면서
사라진 산을 생각하면서
색색의 사각형 상자가 쌓인다
건들지 않으면 무너질 일 없는
사각형과 사각형 속 검은 공간들

차곡차곡, 차곡차곡,

높이에 짓눌린 무게를 뚫고 나오는 일탈과 탈출의 낱말

입 안 가득 유랑의 첫소리가 모래로 씹힌다
어디를 달려도 다시 돌아와야 하는 상자 속 사막이건
만, 연애, 결혼, 출산 3포를 외치며, 가쁜 호흡 몰아쉬며, 초
원과 들판 달리는, 사라지기 위해 사라지는 부스러기 꿈을
꾸며, 빈칸의 둘레를 달리는, 빈칸에서 빈칸을 건너뛰며 빈
칸을 채우는 동안, 헛된 그늘은 휘장처럼 흩날리고

흐느끼다 지친 서러운 영혼이

우물 앞에서 가쁜 숨 고르며 부르는 노래
준비된 기쁨처럼 예정된 기쁨처럼
사각형 상자를 가득 채우는 위안과 위로

높고 낮은 지대를 오가는 이동의 하루에 떠남이란 일탈
의 상자를 접고 싶은
유목민의 오늘

# 퐁퐁토피아에서

가이아의 숨소리가 퐁퐁퐁 터지는
형식의 도시에서
경쟁과 욕망과 투쟁의 익숙함이
생명보험 건물 유리창에 비치고
새로운 희망이 솟아올라 눈부실 때면
곧추세운 하루가 고단함의 끝자락에서 퐁퐁 터진다

도시를 포기하지 못하는 본능이
냉정한 대지에 엎드려 잠을 청한다
희망의 출구는 멀고 빛나는 항해는 낯설다
낯선 서러움이 아름다워
사라지는 꿈을 어루만지며 다독이지만
다가가면 고통으로 터져버리는 꿈
다시 기억하지 못할 꿈은 버리고
우두커니 풀빛으로 사라지고 싶어라

# 몽유액정도 夢遊液晶圖

경계를 바라본다, 어둡다, 홈 버튼을 누른다, 잠 깬 스마
트폰, 쏟아지는 푸른 빛

.

.

.

인문학 강의를 듣고, 랜드 스케이프 구조물을 분석하고,
건물 외벽 LED 조명의 미디어 파사드 그림을 감상하고, 세
계의 오지까지

.

.

.

시간의 빈 형식 사이를 누빈다


급히 스마트폰을 끈다, 평면 위의 공전처럼 꿈꾸던 노마
드는 그림자로 숨고, 키치의 부름이 빛으로 쏟아진다,

빨리 들어와 ➘

## 화면공유

모임에서 제공한 줌zoom 주소에 접속해
공유하기로 된 텅 빈 화면을 바라본다

잠시 공유를 준비한 이의 눈빛이 사라지고
잠시 공유를 준비한 이의 모습이 사라지고

공유를 준비한 이들이 원활한 진행을 위해 세운 전략은
무엇일까
   (— 회의 중단하지 않기
    — 타자의 눈빛 바라보지 않기
    — 두려움 들키지 않기)

공유 시작 버튼이 눌러지고
화면 가득 의미들의 형식과 색채들이 채워지고 있다

공유에 참석한 이들의 전략은 무엇일까
(최선을 다하는 이에게 예의 바른 태도를 지녀야지
    — 지겹다는 표정이 들키지 않도록 미소 짓기
    — 마치 이해하듯 *끄떡끄떡* 고개를 흔들며 찬사 보내기
    — 사진 찍기와 화면 캡처로 공감하기)

공유가 끝난 화면 가득 웃음이 넘친다
화면 속에 넘치는 웃음 역시 픽셀의 조합

모두 픽셀로 전환된 정情을 바라보고 있다

공유되고 있는 화면이 꺼지기 직전이다
모두 사라지기 직전이다

# 일곱 시의 이분법

오전 일곱 시
물끄러미 떠오르는 해를 바라보다
아직 가보지 않은 하루를 생각하며

오늘은 꽃그늘을 만져보리라
오늘은 귀울림으로 머무는
구름바다의 나지막한
파도 소리에 젖어보리라

멀찌감치 바라보던 것들
싱겁게 그리워하던 것들

오후 일곱 시
달싹이던 가슴 어디에 두고 왔을까

이미 지나와버린 하루를 생각하니
가쁜 숨결로 절뚝이는 후줄근한 발걸음에
어둠이 또다시 시큰거린다

오늘은 빛나지 않는 별빛

오늘은 달무리에
빗나가기만 하던 것들
날숨처럼 내뱉고 지워야만 하던 것들

## 추월하고 추월하다보면

    한 손에 동전 하나 다른 한 손에 동전 하나, 다시 한 손에 동전 하나 다른 한 손에 동전 하나, 단내나도록 묵직한 울림 채우는 동전의 무게, 버리고 버려야 할 동전의 무게를 주검의 손에 들린 노잣돈인 양 움켜쥐고 놓지 못하는 망설임

    손이 건너온다 건너온 동전을 왼손에 보냈다가 오른손에 보냈다가 다시 한 손에 동전 하나 다른 한 손에 동전 하나를 잡는다. 잡지 못하는 손을 뿌리치며 가벼운 악수를 뿌리치며 포옹을 뿌리치며,

    데구루루 동전이 구른다, 꿈 같은 세상, 빙글빙글 즐거운 세상, 어지러운 것은 지구, 지구는 춤을 추며 빙빙 돌고, 반짝반짝 동전은 힘차지, 가속도 붙은 동전은 빠르지,

    햇살에 피어나는 새싹
    꽃술에 앉은 나비
    나무에서 떨어지는 나뭇잎을
    보지 못하고

    한 손에 동전 하나 다른 한 손에 동전 하나에 지쳐
    느리게 뒷걸음치며 천천히 숨 고르며 욕심 내뱉는 사람들

# 네버랜드의 새벽

주름의 질감과 명암을 숨긴 새벽이 부드럽다

아이가 발 딛고 서 있는 곳은 네버랜드의 보이지 않는 경
계선
기억의 첫 장면 — 엄마는 젊고 예쁘다
압축된 기억 — 장난감에 둘러싸인 세상은 온통 웃음으
로 가득하고 섬세하고 포근하다
통합의 기억 — 곰돌이 푸우와 헬로 키티가 침대에 나란
히 앉아 압축된 기억을 소환해 현재를 버무린다 늙고 나약
한 현재라는 장면이 흡수되고 달콤한 딸기향 빛이 채워진
다 어두운 뒤편이 사라진다
망각의 기억 — 보기 좋고 듣기 좋은 은밀한 팅거벨 날갯
짓이 붕붕거린다 한세상 살아보니 좋았냐는 질문의 답도
살아보니 삶이 허상이더냐는 질문의 답도 잊어버려 대답하
지 못한다

회수된 피터팬의 전설이 네버랜드를 꿈꾸는 어른이들을
찾아가는 새벽
향이 피어올라 바람에 흩어진다

## 사막의 배

어느 날 TV에서 사막을 횡단하는 낙타를 보았지요
서두름 없이 게으름 없이 걷던 낙타의 눈엔
고요하고 슬픈 바다가 일렁이고
허술한 눈빛 아래
켜켜이 쌓여 지워지지 않는 눈물의 하얀 얼룩
퍽퍽한 모래 알갱이 밟고 지나온 세월이 오래인 듯
혹은 아주 작아져 있었지요
작아진 혹을 보며
물을 찾아 떠나는 낙타처럼
뿔을 갖고 도망친 낙타처럼
고비산맥 달리던 어제와
진주를 싣고 아부다비 향해 걷던 어제와
카라바시에 두고 온 실패 없는 어제라는
차가워진 심장의 옛 말을 따라갑니다
무심한 듯 뜨거운 햇빛에 안겨
그늘 만드는 그를 바라보며
가슴에 손을 얹으니
융기된 침묵의 혹이 만져집니다
자오선 오가며 생을 떠도는 낙타가
내 안에 있습니다

# 물의 DNA


여전히, 한 줄 칼금 그어도 베이지 않는 하늘 향해 한 방울 수증기로 떠돌고 있느냐

첫새벽, 어둠의 정수리 밟고 더듬더듬 안개로 피어올라 천 개의 달을 가리고 천 개의 별을 가려 만 개의 소원 접게 하며 말간 하늘을 덮고 있느냐

네 DNA를 피로 가진 내겐 아주 오래된 고임이 있는데, 방황을 끝내야 할 머무름이 있는데, 웅크린 한 방울의 땀이 퇴락한 연잎에 입맞춤하고, 웅크린 한 방울의 눈물이 낙엽의 누런 미소에 입맞춤하고, 웅크린 한 방울의 피가 바람의 옷자락에 입맞춤하면, 닿지 못할 하늘 올려다보며 다시 떠돌기 시작한다, 하늘의 가슴팍 파고들며 붉게 떠오른 해를 기다리고 슬픔으로 휘감는 노을에 온몸 맡기며 천천히 머무름의 욕망을 도리질하며 떠돈다, 후두둑, 비로 떨어지고 몸서리치다 얼어붙은 물기를 눈으로 내리며 떠돈다, 그러다 찾아온 고임 아닌 머무름,

고작, 머무름이라곤 고작, 눈으로 쌓인, 얼음으로 박힌 추위로 몸을 떠는 그뿐, 내 안의 머무름은 얼어붙은 물 앞에 무릎 꿇고, 눈물 한 방울 멈추지 못해 퉁퉁 붇고, 시린 눈, 젖은 눈 말리지 못해, 숨을 죽인 채, 먼 길, 발자국도 남기지 못하는 먼 길 갈 때까지, 멈추지 못하고 가야 하는, 시작도 끝도 없는 길고 긴, 그저 흐름만 있는,

# 흔들린다는 말

마른 나뭇잎이
거미줄에 매달려 흔들리고 있다

혼잣말처럼 바람이 불고
거미줄엔 뒤꿈치 같던 외로운 시간
미래의 끝은 언제일까 묻는다

흔들린다는 말은
괜찮아 걱정마 아무 일 없을 거야

흔들린다는 말은
잘 됐어 이제 다 끝났어 편히 쉬어라며

거미줄에 매달린 나뭇잎은
여전히 흔들리고

# 추상화 저 알 수 없는 휴식의 여정

저 구체성 없는 색채들
점 선 면의 작은 소리들
칼금 그어진 웃음의 단면이
피었다

춤추듯 덧칠된 캔버스 위에
어울리지 못하는 명도를 낮추며

상처받은 영혼을 헤아리는
짙고 습한 농도의 질감

발자국 소리는 그림 앞에서
무엇을 응시하는가

지금은 기억을 내려놓는 시간

# 더블 클립 집게와 두께

어지럽게 널브러진 종이를 가지런히 모아 집게에 물린다 벌린 입보다 두터운 종이의 양, 절대로 용납할 수 없다는 몸짓으로 몸을 비틀고 파닥거리며 튕겨 나가떨어지는 그

집는다는 의심 없던 동작은 그만, 생각의 적막은 깨지고 흔들림, 얼마나 덜어야 할까를 주저주저 계산함, 벌릴 수 있는 입의 크기는 제한적, 정해진 만큼만 물 수 있다는, 알고 있지만 몰랐던 사실, 계산하며 살지 못하는 것은 용서할 수 없는 일

사랑도 욕망도 정해진 만큼 채우지 못하고 스스로를 용서했던 나의 날들

흩어진 마음 모아 집게 어금니에 물려보지 않는 나의 날들

모아보면 집게에 물리지 못할 변명의 무수한 두께
누름쇠가 도망쳐 해체되는 불가항력의 두께

지금처럼 앞으로도 흩어지고 널브러질

# 당신은 평균입니까

나는
앱을 다운받고 플랫폼에서 물건을 삽니다
큐알코드로 접속하고 크라우드를 사용합니다
카카오 뱅크와 페이를 사용합니다
OTT에서 원하는 프로그램을 봅니다
체리슈머가 되려고 합니다
네버랜드에 머물기 위해 아이돌을 엿봅니다

나는
아직 사직서를 제출하지 못했습니다
잘리지 않으려고 남의 일까지 찾아서 합니다
직장 동료를 가족이라고 생각합니다
메모는 연필을 꺼내 수첩에 적습니다
침묵을 무난함으로 가지고 있습니다
보름이면 달에 닿기 위해 보름달에게 소원을 빕니다
불안한 내일을 대비하기 위해 용한 점집에 갑니다

명품을 갖고 싶으면서 적게 소유하자 외치는
욕망과 현실의 분열 속에서 X맨의 서한을 받습니다
'무던함을 꿈꾸는 이여 이제 평균은 없습니다
노 평균 존에 오신 걸 환영합니다'

# 유목일기

바라밀다 바라밀다 바람일다
바라밀다를 읊조리니 바람이 인다

민들레가 바람의 경經을 읽고

헛헛함의 빈자리
쓸쓸함만 남은 기억의
흔들리지 않는 그늘로 건너와
핀 다

떠난다는 것은 얼마나 아득한가

바람이 인다
바람일다 바라밀다 바라밀다

다시 떠날 때가 되었나보다

2부

# 주상절리라는 말

강물이 흐르다 만난
바위에 붙여진 말인 줄 알았는데
파도가 올려다본 절벽을
부르는 말인 줄 알았는데
평생 저 혼자 가슴 깎아내며
잎 피우고 꽃 피우다 저문
나무의 마지막 말이었구나
어쩌면 내게 숨겨진 말일지도

# 동해밤바다에 장미꽃이 피었다

병 안에 고여 있던 17.2도의 흰 물결
푸름 살짝 걷어낸
동해밤바다 빈 소주병에
장미꽃을 꽂았다
빈 잔에 동해밤바다를 채우며
어디에도 닿지 못하는 나에게
주어진 사랑을 다 쓰겠다고 했다
바다가 흥얼대며 철썩인다
하나 둘 소주병이 늘어서고
바다를 마실 때마다 새로운 사랑이 오고
한 송이 두 송이 장미꽃이 핀다
사랑은 늘 연장되고 늘어진다
어떤 사랑의 결말에 기대야 할까
몽롱한 장미꽃이 흔들리고
나는 검푸른 동해바다를 보며
물컹한 것들을 쏟아낸다

*동해밤바다 : 소주 이름.

# 달은 왜 물고기의 눈이 되었을까

구름은 떼 지어 흐르다
보름달 앞에 머물렀을 뿐인데
눈을 가진 물고기가 되었다
밤의 고요를 깨우고 싶어
움찔되던 속마음 들킨 것처럼
잠 언저리 돌던 눈이
환한 빛에 껌뻑거리며 뒤척인다
텀벙
별의 뒷모습에 출렁이고 싶다고 느꼈던 순간
절벽 아래로 뚝 떨어지고 마는
빗방울의 슬픔이 생각나서
하늘은 구름에게 눈을 주었을까
바다에 풀어놓은 푸른 중얼거림 건져
내일의 새벽노을에 철썩여보라고
시야를 밝힌 것일까
말랑하고 푸근한 파도가 수런거리고
둥실둥실 물고기 지느러미가 출렁인다
밤길이 환하다

## 그러고도 하염없이 당신을 생각하던 날에

눈이 내렸습니다
당신은 무언의 얼굴로 우두커니
대문 앞에 서 있었지요
반가움에
닿을 수 없음을 알면서도
무작정 손을 내밀었습니다

앗, 너무 차가워
위독한 고함이 터지고 말았지요
해를 따라가는 환상통으로
곤혹스러운 눈발이
허공에 불타오르는 것을 보았다고
느끼던 찰나

당신은 무한의 눈꽃에 쌓인 채
뒷모습으로 멀어지고 있었습니다

눈을 떠보니
여명이 밝아오고 있습니다
함께할 수 없다는

돌이킬 수 없다는 사실이
세차게 슬픔을 끌어당깁니다

이 아침 나도 당신처럼
무언의 얼굴로
하루 앞에 서 있습니다

# 추억의 느린 그림자 같은 향기의 너에게

이영철 화가의 사랑이 오는 소리를 보던 밤이었다
천천히 코끝 건너오는
하얀 수레국화 향기가
기어이 우물우물 삼켜버린
너를 데려온다

네게 어울리지 않는 나라고 도리질치며
깊고 깊게 묻어둔 마음이건만
짐짓 모른 척
너는 아픔으로 차오르고
속내 들켜 무안한 마음에
애꿎은 국화꽃만 한 잎 한 잎 떼어내는데

떨어진 꽃잎은 별로 뜨고
새벽빛 첫 문장을 쓴다

보 고 싶 다

# 흠뻑

기다림은 언제나 갈증 같아서
가뭄 찾아온 단비에 몸을 적시듯
어둠 비집고 들어오는 햇살에 스미듯
조바심으로 네가 오길 바랐지만

무어라 해도 너는 슬픔 같아서
한번쯤 다녀간다는 말도
폭우에 휩쓸려가거나
폭설에 묶여 오도가도 못해
흠뻑 젖은 보고픔
마르지 못하네

# 갈매기

갈매기는 멀어지는 당신이 돌아오기를 바라는 내 깡마른 희망 같습니다 힘차게 편 날개는 아리도록 찬란한 빛살의 푸른 웃음이었지요 과자 잡은 손을 내밀면 콕콕 찌르는 고통을 물결처럼 남기고 스쳐가는 애잔한 부리들

안개 그늘 드리운 바다가 뱃머리에 갈라집니다 파도의 지느러미에 떨어진 과자들이 둥둥 떠다니며 녹고 있습니다 떨어뜨린 내 기억도 녹고 있습니다 멀어지듯 사라지는 하얀 포말 따라오던 갈매기가 기억을 건져올려 돛에 걸어둡니다 두 손 벌려 돛을 폅니다 돛에 갈매기 발자국이 선명합니다 기다림이 뻑적지근한 숨을 고른 마른 뼈처럼 찍혔습니다 배를 따라오며 새우깡 물고 날아가는 갈매기처럼

# 꽃 마중이라는 꽃샘바람

매서운 눈보라 아리게 휘몰아치고
심장 찌를 듯한 고드름 아래로 뻗게 해도
나는 그대 꽃 피기만 기다리는
그대에게 달려가 덥석 안고 싶은
바람

그대 깨우는 한 종지 햇살처럼
느리게 느리게 첫눈 뜨는 아기처럼

눈부신
그대 모습 마주하기 위해
꽃 피는 자리마다
뒷걸음치는 발걸음

그대가 아니면
서성일 이유 없는
한소끔 지나가는
바람

# 봄

통증으로 아픈 눈을 뜰 수가 없어요

두 눈 질끈 감았다 떠도 아무것도 보이지 않아요

깜깜한 어둠

걸음이 멎고 울음이 흔들려요

검은 나무 검은 꽃 검은 당신

본다라는 말이 어찌 이리 아린지요

봄이 멈추고 빛이 사라져 이렇게 끝나고 마는 것인지

손바닥을 비빈 후 눈에 대고 마법을 걸어요

괜찮아 다시 볼 수 있을 거야

봄은 내게서 떠나지 않을 거야

# 유채의 사월

사랑한다는 고백 하지 못하고
한 움큼 메마른 울음 삼킨 캄캄한 사월

유채꽃 노랗게 물들인
고운 봄 햇살의 너른 품에 안겨
마르고 젖은 눈빛 사라지는 순간이
사월이었다고 말하자

유채에게도 침묵으로 삼켰던 사랑이 있어
우레처럼 망울망울 터지는 사월

이룰 수 없는 사랑의 빗방울에 젖어
외진 가슴 뭉긋한 밤 더듬으며
닳아진 꽃대 키워낸 계절

바람이 유채꽃 홀씨의
애처로운 눈물 닦아준 순간이
사월이었다고 말하자

# 선암사 별빛

선암사 겹벚꽃 짙게 핀 봄날
별빛 환한 밤이었다

하냥 흔들리던 슬픔이
꽃눈으로 바라보는 네 눈빛에
쓸쓸히 사라져버리던 그 순간

사무치게 반가웠냐고 묻기에
죽도록 미웠다고 말해주었다

그리 얼어붙도록 차갑게 말할 수 있냐기에
지독한 뜨거움 견디다 터져보면 알 거라고 말해주었다

그렇게 말하면 안 되지 않냐고 하기에
그냥 그런 게 어디 있냐고 말해주었다

너는 떠나고 별빛만 일렁이는 밤
나는 어둠에 얼굴을 묻고 묻는다

언제나 너는 얼음꽃으로 피어나는 뜨거움인데

언제나 너는 사랑을 채우고픈 여백인데

어찌 기쁨을 슬픔에게 던져버리고
홀로 남아 제 설움에 빛을 지우지 못하냐고

# 아카시아꽃 등불

숨을 밀고 당겨 바람의 근육 풀무질하며
창가 풍경 만들어주던 파랑새가
신록의 등성이를 넘지 못한
날개를 접고
아파트 화단에 정지된 채
해넘이의 고요에 덮이고
어둠에 덮이고 있다
살아생전
흐트러진 숨 몰아쉬며
흐릿한 이야기 몇 토막쯤
아카시아꽃에 남겨두었던지
가만가만 파랑새의 시간을 덮는
파랑새 노래 같은 저 아득한 향기
혼자 가는 길 적적할까
꽃 등불 밝힌
아카시아의 울음

# 배롱꽃

햇살 팽팽하게 불꽃 지글지글 타오르는 한낮
분홍빛 발그레 달아오르는 얼굴
치자에 물든 노란 꽃술이
흥에 겨워 하롱거리는 배롱꽃엔 기다림이 들어 있어
세상의 첫 울음과 첫 미소와 첫 시선의 눈맞춤 선물해준
배냇저고리의 네가 다시 온 듯 반가워 미소가 번지고
미워하던 모든 것을 사랑스럽게 쓰다듬게 된다
배롱꽃엔 어느 해 여름 불편한 걸음 옮긴 어머니가
예쁘구나 다시 이 꽃을 볼 수 있을까라며
꽃잎 주름 쓰다듬는 어여쁜 울먹임이 있다
피고 지고 지고 피는 백 일 동안
울먹임 삼키며 꽃잎 쥘락 펼락 접었다 펴는
어여쁘고 어여쁜 배롱꽃

# 간단없이 피기

새로운 바람이 불고
새로운 구름이 흐르고
새로운 가을이 오면

외로울까봐
짠한 빛으로 찾아온 국화

몹시 앓아온 듯
노란 숨 내쉬는 꽃송이 송이
서러운 색색의 빛을

앉은뱅이로 바라본다

··· 나는 왠지··· ··· 슬픔의 낮은 촉수 밝혀···
··· 다시 피기 위해 ··· ··· 살아 이어지는 ···
··· 네가 좋구나···
··· 맵찬 바람아 더디 오려무나 ···

# 먼나무를 바라보며 생각한다

실핏줄까지 번지는 한기에 의자를 놓고
붉은 침묵 방울방울 매단 먼나무를 바라본다
얼마나 멀리 갔기에 먼나무라 했을까
누가 죽어 먼나무가 되었을까를 생각하던 중
한때 나의 온 세상이었던 네가
고요를 견디기 어려운 슬픔으로 찾아온다
생에서 멀어지는 햇빛처럼 눈이 온다
먼나무가 느릿느릿 흰 색을 안고 멀어진다
먼나무의 열매로 매달린 내가 멀어진다

3부

# 달을 바라보며 옥수수를 먹고 싶다

옥수수 껍질을 벗기자
촘촘한 생의 의지가 드러난다

고양이 울음으로 밤을 알아채던 기억
흙에 찍힌 고라니 발자국에 대한 기억
서걱서걱 이파리 흔들던 바람의 기억
웃자라는 옥수숫대에 내려앉던 명랑한 새소리의 기억
달이 뜨지 않은 어둠 속 고요에 머물던 기억들이 어물어
가는
풍경의 시골집 마당 평상에 앉아

벌러덩 누워
달을 바라보다
별을 세다
잠이 드는
시골 밤

# 하얀 호흡

덕장 통나무에 걸쳐진 황태

하늘 보며 풍경을 만들고 있다

아가미에 꿰인 빨간 노끈에 의지해

하얀 낮과 하얀 밤을 보내는 그들에게

겨울을 증명하는 중얼거림 같은

툭툭 서로에게 부딪치며 뱉어내는

거친 숨소리

정오의 햇살이 황태의 호흡 어루만지고

하얗게 잃어가는 기억이 만든

용대리 협곡에 빠져드는 바람의 서슬

최후의 날에 드리는

최선의 기도처럼

내 호흡도 기억 말리며

바람으로 파닥거린다

# 묵은 달

호박오가리 한 움큼 물에 불린다
쭈글쭈글한 달이 평평하게 퍼진다
봄의 뿌리와
여름의 기억 말린 호박고지를 펴
달집을 쌓는다
첫 발자국 내디딜 잎과
땅을 움켜쥐고 기진하듯 오를 덩굴손과
꽃 진 자리 가득 맺힐 열매를 위해
불을 놓는다
여울여울 타오르는 묵은 달 위로
찬 바람 환히 비추며
새 달이 뜬다

정월 대보름이다

# 마늘할머니

경동시장을 돌다보면
건물과 건물 사이
주춤주춤 빠진 이빨 같은 마늘을
멍석에 올려놓고 파는 할머니들이 있지
멍석 한 장
엉덩이 붙일 종이 조각 한 장
바닥에 깔고 앉아
사방에서 매서운 바람으로 후려치는 모진 욕설들
숨구멍 찌르는 아리고 매운 설움
통마늘 가르듯 뚝뚝 잘라내고
죽음의 경계에서 서성이다 절벽이 되어
아찔한 자리를 지키고 있지
남루한 손끝으로 손님이 건네는 지폐를 받으며
건강엔 마늘이 최고라며
두어 점 덤으로 얹어가며
다시 또 오라고 인사를 건네는 할머니
한 겹 한 겹 마늘 껍질 벗기는 손에는 검버섯 피고
아린 마늘에 자신을 묻고
숨죽이며 살아온 매운 세상살이에
오기마저 스러지는 삭신 녹아들고

희미한 미소가 쪼글쪼글 주름 사이로 헤매는 경동시장엔
암세포 이기는 비법 담은 항생제
마늘 파는 할머니들이 있지

## 칼국수를 기다리며

추석 장을 보다 경동시장 홍두깨 칼국수집
차례 기다리는 사람들 틈에 끼여 줄을 섰다가
겨우 자리잡고 앉아 칼국수를 기다리는 중이다
밖의 줄은 줄어들지 않고 길어진다
오래된 고객들
허연 머리카락에 듬성듬성 이가 남아 있는 할아버지
꽃무늬 모자를 쓰고 지팡이에 줄어든 몸 기댄 할머니
헐렁한 초로의 남정네
그 속에 앉아 서로 바라보는 모두
어떻게 살아냈을까
홍두깨에 밀리는 밀가루 반죽처럼
눌리면 눌리는 대로 납작 엎드렸다가
밀면 밀리는 대로 늘어났다가
접히고 접혀서 설컹설컹 칼에 썰려
뜨거운 멸치맛 국물에 익은 칼국수처럼
등이 굽도록 칼국수 면을 민 주인장처럼
어제와 같은 오늘을 살았겠지
난생처음 본 사람과 마주 앉아
이마에 흐르는 땀을 닦으며
고춧가루 묻히며 잘 먹었다고 일어나

주인이 고맙다며 덕담 주고받는 시간
아무튼 살아가는 일이 고단하고
허기질 때면 다시 올 일이다
언제든 언제나처럼

# 묵은 간장

묵은 간장이 담긴 유리병을 흔드니
달그락달그락
소금 부딪히는 소리가 나요
동이 트고
어둠이 짙어지는
반복의 시간
스님이 버린 짜디짠 인연
사리가 되어
야윈 숨결 위로하는
종소리 같아요

# 라이트 스탠다드 참치 통조림

참치 통조림을 따다가 스탠다드라는 낱말을 본다

긴 시간 밀실에서
기름에 스며 부드러워지는 살

생존으로부터 멀어진 푸른 빛이
붉게 끓어오르고
김칫국물 속으로
으깨진 살이 헤엄치며
익어간다

시원하게

라이트하게

통조림통 밑바닥에 남은 비린내와
냄비 속 끓어오르는 맛의 농도를 가늠하며
번들거리는 숨을 쉬는 동안

스탠다드한 맛의 속도로 끓고 있다

# 떡메가 고요하네


몇 방울
얼룩 품은 떡판이 고요하네

찐 쌀에 물을 뿌려 뒤집어가며
찰지고 오지게 내려쳐
쩌렁 울리던 함성

자루 잃은 떡메가
물방울 걸어간 흔적 더듬으며
천 년 세월 머금네

두 팔 걷어붙인 장정의 팔뚝과
수선스러운 아낙네의 웃음이
휑한 달빛 속 낙엽처럼 늙어
지팡이 소리만
콩콩 머뭇머뭇 울리네

마을 사람들
사라지고
사라지는

울먹임도 뒤집힘도
너무나 먼 곳

아무 일 없는 듯
버려진 얼굴의 옹이마다
소용돌이치는 죽을 것 같던 기쁨

빗금에 갈라진 떡판 틈으로
떨어져 내리는 삭정이

사라진 낱알의 숨처럼
가쁜 비명으로 빠져나간 공기처럼
침묵만 끔뻑이며

# 청국장

누런 덩어리가 놓여 있다

채반에
고요히 놓인 그것이
황금빛 실꾸리 같다

누군가의 따뜻한 목을 감싸는
목도리를 뜨고 있는 바늘의 손길
같다고 느낀 찰나
시린 마음이 훈훈해져 있다

바늘 끝을 본다
바늘 코를 놓치지 않고 따라온 실이
따뜻함으로 떠져 있다

눈빛 시린 이들에게 주어야지

냉기로 마음 시린 누군가의 목을 감싸주는 행복

나의 기도는

햇빛 채운 황금빛 두툼한 목도리로
따듯한 위로를 전하는 것
고단함이 사라진 목도리를

## 참 가까워요

붕어빵 아저씨는 오늘도 물고기를 잡기 위해 시동을 걸어요 강은 멀어요 바다는 더욱 멀어요 파도를 그리워하는 마음 멈추게 하는 것은 더더욱 멀어요 트럭 바퀴가 인도에 멈췄어요 포장을 걷고 물고기 낚을 준비하는 아저씨의 강엔 사람들이 지나다니고 바다엔 자동차가 쌩쌩 달려요 주전자에 담긴 묽은 밀가루 반죽을 담기 위해 붕어들이 몸을 열어요 아저씨의 떫고 씁쓸하고 호젓한 마음이 뜨거운 열에 몸을 뒤집어가며 빙글빙글 돌아요 아저씨의 깨져버린 눈빛이 아슬아슬하지만 단팥 속에 봄날 웃음을 듬뿍 넣은 것을 알아요 슈크림 속 가득 사랑을 넣은 것을 알아요 물고기들이 아저씨의 내일을 어루만지며 익어가요 사람들이 냄새를 따라 아저씨의 물고기를 사러 와요 달콤한 미소를 사서 가요 강이 가까워요 바다는 더욱 가까워요 파도를 그리워하는 마음을 달래는 것은 더더욱 가까워요 아저씨의 붕어빵 덕분이에요

# 수남이네 도마는 어찌되었을까

책상 위에 꿈꾸기라는 시가 새겨진 도마가 서 있다

시 한 줄 쓰겠다고 끙끙대는데
멈춰버린 시간 잡아끌며
숭인시장 수남이네 가게의
움푹 파인 도마가 부화한다

딸내미가 대한민국에서 제일 좋은 미대에 붙었다며
순대와 함께 허파 염통 간을
설겅설겅 듬뿍듬뿍 썰어주던 수남이네

몸의 저쪽에선 그만두라는 문장의 반복
생각의 이쪽에선 조금만 더하자는 문장의 반복
서늘한 칼질 받아내는
도마에 기대어 살아가는 나날들

살다보니 그 도마를 본 지도 아주 오래

수남이네의 낡고 어눌한 삶의 칼질 받으며
지금도 도마는 잘 있겠지

# 빛깔이 좀 흐리면 어때

커피를 내리네
칠칠치 못한 내 눈물처럼 갈색이네
뚜껑 열어보니 반쯤 접힌 여과지에
젖지 못한 커피 가루가 수북하네
흐릿한 빛깔이
열정 없이 습관으로 사는 나 같아
여과지를 매만지고 다시 커피를 내리네
줄줄줄 애끓는 소리로
어둠의 물이 떨어지네
어둠을 마시지 않아도
슬픔이란 문장을 썼다 지우건만
굳이 진한 울음 같은 커피를 마시며
잠 못 이루는 밤에 묻히나
슬쩍 캄캄한 어제를 한 순갈 덜어내기로 했네
익숙한 쓴맛이 엷어지고 위로처럼 잠이 오네
내일은 햇살처럼 웃을 수 있겠네
아무렴 빛깔이 좀 흐리면 어때
사는 게 쓴맛만 있는 게 아니라는 걸 알게 됐는데

*허림 시인의 시 「사는 게 좀 슬프면 어때」의 제목과 형식을 빌려옴.

# 당신은 무슨 띱니까

　나는 토끼띠입니다
　토끼해라고 하니 다시 또 토끼띠는 어떻게 살아야 하는
지 궁금합니다
　다른 토끼띠들은 어떻게 살고 있는지 늘 의문을 가지고
있거든요

　내 귀는 팔랑귀가 맞는 것 같긴 합니다만 약삭빠른 것은
어째 좀
　그렇게 약삭빠르면 잘 살기라도 할 텐데
　매일 깡충거리며 죽을힘 다해 사는데
　말 못할 속내를 차마 다 말하지 못하지만
　무슨 연유에선지 붉은 눈동자는 매일 더 붉게 충혈됩니다
　푸념이 못된 버릇처럼 입을 다물지 못하고 오물거립니다
　쫑긋 귀를 세우고 등을 웅크린 채
　후다닥 달아날 궁리로 깜깜한 방으로 숨어듭니다
　벌렁벌렁 뛰는 가슴이 서늘해지며
　마침표를 찍고 싶어집니다

　당신은 무슨 띠가 되고 싶습니까

# 신발의 힘

내가 담겨 있던 진창의 하루가

훅, 빠져나갔습니다

가만 보니
앞으로만 내딛던 오늘 끝에

멈추지 않는 질문의 낡고 헤진 뒷걸음은
묵언 수행 중

벗어놓은 침묵 속에
심장이 잠들어 있습니다

# 발

양말을 신기 위해 발을 내민다
어둠 속에 머물며
하루의 무게를 받아내는 발
굳은살이 갈라져
피가 뭉치고 다시 갈라져도
바닥을 딛고 몸과 그림자 연결하며
한 발씩 내딛는 발
직립 보행인의 발
고마운 발

4부

# 그날이 그날인 듯

잡다한 생각으로 잠을 설치는 밤이 있다
어느 대장장이가 벌겋게 달군 집게로 생각을 집어들고
밤새 망치로 머리를 두드리는 밤이 있다

화덕에 지핀 밤이 풀무질로 활활 타오른다
아침은 찬물에 담긴 쇠처럼 치익 소리내며
언제든 제시간에 온다

날마다 밤은 불꽃에 녹아버린 생각으로 가득하고
숙련된 대장장이의 망치질 온몸으로 받아내는 칼처럼
묵묵부답인 시간의 날을
시퍼런 가슴으로 견뎌야 하는 밤이 있다

# 두루마리 휴지

끊어질 듯 점선으로 찍힌 단절들
엎질러진 커피와 닦아야 할 얼룩을 바라보고 있을 때
전화가 왔고
눈물이 떨어져 파문을 만들 때
욕조의 마개를 막고 뜨거운 물을 틀어 채우고 있었다
피어오르는 열기로 뿌옇게 흐려지는 거울을 닦는다
더 멀리 있는 고요의 시간
더 깊은 곳에 숨어 있는 상처의 시간
서서히
몸에 찍힌 장미꽃 옥죄며 줄어들던
젖은 내 얼굴이
너덜너덜 풀어지며 떠다닌다

## 청소 생각

버려야 한다고 코트를 바라보다가
어느새 옷장이 가득 찼나 하다가
무슨 욕심이 이렇게 많나 하다가
이런저런 이유로 버리지 못하는
결국 아무것도 버리지 못한 채
흩어져 늘어진 물건들로
답답하다고 느끼는 순간
햇살은 가라앉은 먼지를 폭설처럼 비추고
떠도는 먼지조차 황홀하게 빛낸다
풀썩 먼지가 들썩이며 빈 공간을 떠돈다

그래, 다시는 가지지도 쌓아놓지 않으리라, 무관심으로
텅 비게 하리라, 숨어드는 그리움도 지우리라, 한눈파는 동
안 스며드는 것들이 웅크리며 쌓이겠지만 깊은 움직임 덜
어내며 섬세한 추억 치우면 아무것도 남거나 가지지 않는
온전함을 거닐겠구나 하고 쓸어내는데 훅, 흔적 하나 가슴
을 친다

남겨 놓을 것마저 버려선 안 될, 버리면 안 될 이유가 버
티고 있다
비껴간 시선은 버려야 할 것들 앞에서

# 툭에 대하여


툭,
잠시 후 고요
귀걸이 한 짝이 없다

툭,
차 안 공간을 메운다
옆좌석 발판에 브로치가 뒹군다

단절의 칼날로
매달림을 놓아버리게 하는
툭,

비루한 욕심의 질긴 하루에
툭의 칼날을 댄다

툭,
숨구멍이 열린다.

# 기우제

오늘 낮 서울역 문화광장 284를 걸었지
— 6월 시대와 공간을 잇는 소장품 전시 —
희망이라는 말은
앙상한 뼈 같지라는 말을 생각하며
무른 눈으로 들여다보는
숟가락의 세월은
사각사각 삭아서
희붐한 빛에 더욱 빛나더군
전시장 밖 밝은 빛에 노숙자는 잠들고
유월 열기는 더욱더 검게 이글거리는데
얼마나 더 세월을 갈아야
저 꺼져가는 숨결 세워
앙상한 뼈를 걸어가게 할 수 있을까
아스팔트 위로 솟구치는 뜨거운 열기
죽죽 비가 내리면 좋겠다

# 몫

노숙자를 씻기기 위해
옷을 벗긴다

피부에 들러붙어
떨어지지 않는
겹겹의 천을
칼과 가위로
뜯어낸다

궁벽조차
그의 몫이 아님을
마주한다

# 모퉁이의 가로등이 잠들던 밤


모퉁이 돌던 겨울비가 고요를 깨우는 밤이 있었다

골목 끝 외등은 추위에 캄캄해지는 마음 다잡느라
졸린 눈 껌뻑거리다 깊이 잠들어버리고

비상 끝낸 겨울비가 후두둑 내려앉아
지느러미 펼치며 흘러가고 있었다

먼발치 도시의 불빛은 네모 속에서 따스하고

그 저녁 돌아갈 집이 없는 이의 신발은 젖어 뭉그러지고
누군가에겐 세상에서 가장 춥고 긴 외로운 밤이 되었다

잠든 가로등에 기대어
겨울비의 랩소디를 마지막 연주로 듣는
누군가의 웅크린 밤이었다

## 붉은 빛

눈밭에 떨어진 동백의 붉은 얼굴을 들여다보고 있습니다
정갈한 임종
주검에 깃든 붉은 울음
울음이 내 안에 타오르다 꺼졌다를 반복하며
심장에 잠들어 있습니다
노을처럼 어둠 속으로 사라지기를 기도합니다
애도의 말이 자꾸 실어증을 빠져나오려고 합니다
태양의 심장을 품고 환하게 누워 있는 동백이여
눈밭에 떨어진 멍울진 핏빛이
사무치게 넘쳐흘러 붉은 강이 될 때면
혼절한 울음이 노을 강으로 휘돌아
푸른 이끼도 붉게 물들이겠지요
당신의 노란 꽃술이 내 심장에 박혀

# 버려진 풍경 속으로

이끼 푸른 축축한 숲길 썩은 둥치 드러내고 누운 나무를 봅니다 하늘만 보고 뻗었을 가지에 마른 나뭇잎이 덮여 있습니다 나뭇잎을 집자 후다닥 송장벌레들이 흩어집니다 오랜 버릇처럼 내 몸 어딘가에서 썩은 냄새가 풍기나 봅니다 다시 슬금슬금 송장벌레들이 몰려듭니다 어둠에 무너져 썩어가는 생각을 깊이 감추었다고 했는데 그게 아니었나 봅니다 뼈와 살을 해체해 둥글게 말아 구덩이에 밀어넣는 저 청소부 지상에 머물던 흔적이 사라지는 동안 누가 나를 위해 좁쌀 한 줌 같은 울음을 쏟아놓을까요 혹여 서러운 곡소리가 계곡과 계곡 타고 숲을 울릴 때면 끌린 듯 멈춰버린 이곳에서 나락으로 패인 구덩이에 숨골의 마지막 숨을 묻고 일어서는 내가 보입니다 송장벌레의 바쁜 몸짓으로 들썩이는 나뭇잎을 봅니다.

## 잠든 길에 몸을 누이며

길을 바라본다 끝이 보이지 않는 길은 허공을 닮았다 길은 잠들지 않았을 때도 허공을 닮았다 힘겹게 햇살에 서 있던 꽃의 이야기도 세차게 흔들린 나무의 이야기도 더 이상 날지 못한 새들의 지친 종알거림도 삼켜버리고 눈을 감아버리는 바라볼수록 외로워지는 허공

얼어붙은 길의 품에 안겨 겨울잠을 잔다
귀퉁이에 접혀 있던 살얼음이 숨을 몰아쉬고
여름 토란잎 끄트머리에서 떨어진 물방울의 몸채는 소리 들리면
사나흘 긴 기지개 펴며 깨어나는 푸른 뱀처럼

# 푸르러지기


적막조차 외로워
막막해질 때
숲에 듭니다

싱그러움도
새로움도
초록의 온도

햇살이 주는 초록 안부에
배시시 다시
푸른 미소의 숲을
물들이기로 합니다

우화羽化

거울에 비친 이마엔
직선도 곡선도 아닌 선들이 그어지고 있다
하루란 바늘구멍에 실을 꿰어 매듭 없이 길게 늘여
한 땀 한 땀 꽂았다 뺐다를 반복했을 뿐
이쑤시개로 콕콕 번데기를 꽂아 먹으면서도
번데기 앞에서 주름 한번 잡아본 적 없고
주름 한 획에 앞니를 눌러 깨물어봤지만
일생에 변변한 한 일 자 하나 그어보지 못했다
나비는 번데기를 거쳐야 한다기에
어둠 속에 웅크리고 앉아
가슴 두근거리기도 했으나
어디가 날개이고 날개는 어떻게 움직이는지 몰라
벗어놓은 허물 속 어둠을 마냥 그리워하면서
삶이란 꿈의 나뭇잎 갉아먹고
남은 잎맥 잘라 집을 만들고 사다리 만들며
오르락내리락 머물렀다
까무룩하게 기억을 잊어가는 사이
시간은 몸을 더듬으며 줄을 긋고 있다
이제 겨우 날개 펴는 법을 알 듯도 싶은데
폈던 날개 접고 번데기가 되어간다

평생 주름 한번 못 잡았던 내가
번데기가 되려고 무수한 주름을 잡는다
조여오는 주름 사이로 빛은 빠져나가고
어둠 껴안은 날개에 얼굴을 묻는다
인분鱗粉* 비비는 소리
인분 떨어지는 소리
기억의 비늘이 떨어지는 소리 흐리며
묵언 수행에 든다

*인분鱗粉 : 나비·나방 따위의 날개에 있는 비늘 모양의 분비물.

## 볼펜 서한

　오랜만에 당신을 잡고 글을 쓰니 글자가 써지지 않습니다 뚜껑을 돌려 열어보니 심지의 잉크가 다 닳았군요 시험 때가 되면 외워지지 않는 단어나 공식을 공책 가득 낙서처럼 써내려가다 더 이상 써지지 않아 뚜껑을 열었을 때 텅 빈 속대를 내밀 때처럼

　얼마 전 오래된 책을 펼치다 빛바랜 갈피에서 오래되어도 지워지지 않고 환하게 핀 글씨를 만났습니다 우리는 아주 오랫동안 함께 걸어왔습니다 내가 무엇을 보고 무엇을 느끼고 무슨 생각을 하는지 기록해냅니다 살면서 마주한 두려움과 죽음이 넘실거릴 때도 불안을 끄적이게 하며 넘어지지 않고 살 수 있게 세웠습니다 때론 상황에 맞지 않은 글을 지우지 못해 당황스러운 적도 있었지만 어려운 결정을 내려야 하는 순간에도 당당히 이름 석 자 적을 수 있는 힘을 주었습니다

　내 삶의 계좌는 당신이 적어 내려간 기록이 시가 되어 차곡차곡 쌓이고 있습니다 오늘 밤에는 더 많은 시의 자산이 쌓일 것입니다 가득 찼던 잉크를 쏟아부은 나는

생의 마지막 순간 당신의 힘을 빌려 한세상 잘 살다갔다
고 쓰겠습니다

# 괴테와의 하루

괴테의 이탈리아 기행을 읽는다
독일에서 출발해 이탈리아의 곳곳을 기록한 시인의 여정
을 따라간다

나 자신에게 신경쓰면서 늘 주의하고 또렷한 의식을 가
져야한다*며

신의 선택을 받고 신의 은총으로 길을 가는 대문호의 발
자취
시를 마주하면서 무기력함을 느끼는 나도
신의 선택을 받았을 터

내 안에 닫힌 시의 빗장을 연다

*『이탈리아 기행』 요한 볼프강 폰 괴테, 곽복록 역, 동서문화사, 2016, p61.

# 기분 좋은 길

날아갈 듯 가볍게 걷는 길을 생각해본다

세상을 찾아와준 아가 만나러 가는 길
장난기 넘치는 아이의 손을 잡고 가는 입학식
또 다른 시작을 준비하는 졸업식
어떻게 도착했는지 모르게 도착한 첫 출근길
둘이 하나 되기 위해 간 결혼식
처음 비행기 타러 공항 가는 길
꽃비 흩날리는 봄길
햇빛 스미는 숲길
함께 비를 맞으며 뛰어가는 빗길
함박눈 맞으며 뒹굴던 눈길

자박자박, 타박타박, 성큼성큼, 후다닥 걸어보자
탐방탐방, 텀벙텀벙, 찰방찰방, 철벅철벅 걸어보자

아아아 달콤한 이 길은 바로바로 꿈길
어느 곳 언제라도 너를 만날 수 있는 행복의 길

해설

# 당신을 향한 유목 그리고 환상통

우대식/ 시인

1

　김미외 시인의 시집『달은 왜 물고기의 눈이 되었을까』에는 다양한 시적 고뇌들이 자리잡고 있다. 시인이라는 업은 생각하고 고뇌하는 것이라는 확신을 가지게 되었다. 시 쓰기의 괴로움과 즐거움 모두 여기에서 비롯할 터이다. 이 시집을 규율하는 가장 압도적인 시어 혹은 시적 포즈는 '유목'이라 할 수 있다. 정착하지 못하고 떠돌아야 하는 태생적 운명에 대한 자각은 현실적이라기보다는 다분히 의식적인 측면에서 기인한다고 할 수 있다. 이 노마드의 정신이야말로 열린 세계로의 지향이라는 점에서 김미외 시인의 시가 일정한 틀로부터 벗어나고자 하는 원동력을 제공한다고 할 수 있다.

　　어느 날 TV에서 사막을 횡단하는 낙타를 보았지요
　　서두름 없이 게으름 없이 걷던 낙타의 눈엔
　　고요하고 슬픈 바다가 일렁이고

허술한 눈빛 아래

켜켜이 쌓여 지워지지 않는 눈물의 하얀 얼룩

퍽퍽한 모래 알갱이 밟고 지나온 세월이 오래인 듯

혹은 아주 작아져 있었지요

작아진 혹을 보며

물을 찾아 떠나는 낙타처럼

뿔을 갖고 도망친 낙타처럼

고비산맥 달리던 어제와

진주를 싣고 아부다비 향해 걷던 어제와

카라바시에 두고 온 실패 없는 어제라는

차가워진 심장의 옛 말을 따라갑니다

무심한 듯 뜨거운 햇빛에 안겨

그늘 만드는 그를 바라보며

가슴에 손을 얹으니

융기된 침묵의 혹이 만져집니다

자오선 오가며 생을 떠도는 낙타가

내 안에 있습니다

─「사막의 배」전문


   사막을 횡단하는 낙타의 이미지는 자연스럽게 시적 화자의 표상으로 연결된다. 그랬을 때 낙타의 눈에 어린 '고요하고 슬픈 바다'란 시적 화자가 바라본 세계의 형상이 된다. 물론 그것은 상징적 의미로서 기능하게 된다. 과거를 넘어 현재까지 이어지는 낙타의 유랑은 시적 화자의 삶의 여정인 동시에 시적 사유의 과정을 보여주는 것이다.

'눈물의 하얀 얼룩'이란 구체적 현실로 제시할 수 없는 내면화된 슬픔이며 작아진 '혹'은 삶의 과정에서 생겨난 상처의 결과일 터이다. 그러한 의미로 작아진 낙타의 '혹'과 자신의 가슴에 생긴 '융기된 침묵의 혹'은 동일한 상처의 기원을 가지는 셈이다. 나아가 '융기된 침묵의 혹'이야말로 시의 저장소라 할 수 있다. '낙타의 혹'이 낙타의 입장에서 생명의 근원이듯 '융기된 침묵의 혹'은 시적 화자에게는 상처인 동시에 생명으로 기능하는 것이다. '자오선을 오가며 떠도는 낙타'는 시적 화자의 자화상이라 할 수 있다.

"우물 앞에서 가쁜 숨 고르며 부르는 노래"(「유목민의 첫 소리」 부분)의 출처가 융기된 침묵의 혹이라는 사실은 시인의 시가 어디서 비롯하지는 지를 상징적으로 보여준다 할 것이다.

바라밀다 바라밀다 바람일다
바라밀다를 읊조리니 바람이 인다

민들레가 바람의 경經을 읽고

헛헛함의 빈자리
쓸쓸함만 남은 기억의
흔들리지 않는 그늘로 건너와
핀 다

떠난다는 것은 얼마나 아득한가

바람이 인다

바람일다 바라밀다 바라밀다


다시 떠날 때가 되었나보다

—「유목일기」 전문

떠도는 것이 생명의 근원이 된다는 강렬한 의식을 이 시는 보여준다. "피안에 도달하다" 혹은 "깨달음의 언덕으로 건너간다"는 의미를 가진 '바라밀다'라는 불교의 대승적 수행법에 대한 언어유희를 통해 시적 화자의 입장에서 유목이란 무엇인가를 보여주고 있다. 우연일지 모르지만 '바라밀다'와 '바람일다'의 공통점은 정착 혹은 고정이 아닌 이동혹은 떠남으로 규정할 수 있을 것이다.

깨달음의 언덕으로 건너가듯 바람에 불려 날아가는 민들레 홀씨를 "민들레가 바람의 경經을 읽고" 있다고 형상화하고 있다. "흔들리지 않는 그늘로 건너와/ 핀" 민들레를 통하여 피안과 깨달음의 궁극을 탐구하는 셈이다. 떠난다는 행위 자체가 가진 참된 의미는 '아득함'이라고 하는 규정할 수없는 그러나 실재하는 실체로 실존에게 다가오는 것이다. "다시 떠날 때가 되었나보다"라는 독백은 유목 혹은 떠돎이참된 생의 조건이라는 점이 다시 한번 확인시켜준다.

이러한 유목적 사유는 이 시대의 문명에 대한 비판적 사고로 확산되어 간다. 「몽유액정도夢遊液晶圖」, 「화면공유」 등이 그러한 작품으로 현실 속에 펼쳐진 문명 가운데 유목의의미를 탐색하고 있다. "시간의 빈 형식 사이를 누비"(「몽유

액정도夢遊液晶圖」)는 현대인의 유목에 대한 탐구는 앞으로
의 시적 과제가 될 것이다.


    2

이 시집에 등장하는 '당신' 혹은 '너'라는 대상은 더러는 연
애의 형식으로 그려지지만 지향의 궁극성을 상징적으로 보
여준다고 할 수 있다. 그러한 점에서 만해의 '님'을 떠올리
게 하는 실체인 셈이다.


    눈이 내렸습니다
    당신은 무언의 얼굴로 우두커니
    대문 앞에 서 있었지요
    반가움에
    닿을 수 없음을 알면서도
    무작정 손을 내밀었습니다

    앗, 너무 차가워
    위독한 고함이 터지고 말았지요
    해를 따라가는 환상통으로
    곤혹스러운 눈발이
    허공에 불타오르는 것을 보았다고
    느끼던 찰나

    당신은 무한의 눈꽃에 쌓인 채
    뒷모습으로 멀어지고 있었습니다

눈을 떠보니

어명이 밝아오고 있습니다

함께할 수 없다는

돌이킬 수 없다는 사실이

세차게 슬픔을 끌어당깁니다


이 아침 나도 당신처럼

무언의 얼굴로

하루 앞에 서 있습니다

—「그러고도 하염없이 당신을 생각하던 날에」전문


  1연을 보면 당신은 닿을 수 없는 존재이다. 시적 화자가
그러한 대상에 대하여 "무작정 손을 내"밀고 있다는 점은
시적 화자와 대상 간의 관계성에 대한 추론이 가능케 한다.
당신은 현실적 존재가 아니라는 점 그리고 나는 당신에 대
하여 무한의 긍정을 하고 있다는 사실이 그것이다.

  2연은 시적 화자와 당신이 접촉하는 일은 불가능하다는
것을 보여준다. "곤혹스러운 눈발이/ 허공에 불타오르는
것"과 같은 강렬하고도 역설적인 형상화는 당신에 대한 나
의 감정의 강도를 드러내준다. 존재하지만 사실 자체는 없
는 것을 뜻하는 '환상통'은 당신에 대한 나의 사랑 혹은 그
리움이 구체적 실체로서 작용하는 것이 아니라 상징적인
의미를 가지고 있다는 것을 보여준다.

  시적 화자에게 상처처럼 각인된 존재로서 당신은 실제로
만날 수 없다는 점에서 "뒷모습으로 멀어지고" 말았다는 것

은 필연적 결과라 할 수 있다. 당신과 "함께할 수 없다는 사실"은 시적 화자에게 슬픔을 유발하는 원인이 된다. 당신을 만날 수 없는 시적 화자가 자신도 당신처럼 '무언의 얼굴로/하루 앞에 서 있'겠다는 의지의 표명은 당신의 실체에 대한 하나의 열쇠를 제공해준다.

'무언' 즉 말이 없는 존재라는 사실이 그것이다. 앞에서 낙타를 형상화할 때의 "융기된 침묵의 혹" 또는 "내게 숨겨진 말"(「주상절리라는 말」)을 통해서도 알 수 있듯이 '침묵' 혹은 '무언'이라는 비밀을 간직한 당신은 탐구와 지향의 대상인 것이다. "갈매기는 멀어지는 당신이 돌아오기를 바라는 내 깡마른 희망 같습니다"(「갈매기」)라는 고백적 진술에서도 당신의 부재를 확인할 수 있다. 당신은 숨은 신인 것이다.

통증으로 아픈 눈을 뜰 수가 없어요

두 눈 질끈 감았다 떠도 아무것도 보이지 않아요

깜깜한 어둠

걸음이 멎고 울음이 흔들려요

검은 나무 검은 꽃 검은 당신

본다라는 말이 어찌 이리 아린지요

봄이 멈추고 빛이 사라져 이렇게 끝나고 마는 것인지

손바닥을 비빈 후 눈에 대고 마법을 걸어요

괜찮아 다시 볼 수 있을 거야

봄은 내게서 떠나지 않을 거야

—「봄」 전문

이 시는 당신의 상징적 의미를 이해할 수 있는 단초를 제시하고 있다. 바로 "검은 나무 검은 꽃 검은 당신"이라는 구절이 그것이다. 여기서 자연스럽게 노자의 『도덕경』의 현묘玄妙를 떠올릴 수 있다. "이 두 가지無有는 동일한 데서 나와 서로 다른 이름을 가지지만 모두 현玄이라 불리운다此兩者同出而異名 同謂之玄". 『도덕경』의 이 구절에서 현玄이란 현묘하고 심오하여 잡아내기 어려운 지경이며 모든 근원을 품고 있는 상태라 할 수 있다. 색色과 공空, 유有와 무無의 구분을 넘어 그 모두를 품고 있는 무분별의 상태인 것이다.

현玄이란 '가마득하다', '가물가물하다', '그윽하다' 등의 의미로 환원될 수 있다. 단순한 '검다'의 의미를 넘어 구체적 형상을 띠지는 않지만 모든 것을 잉태한 세계 그리고 혼돈 속에 질서가 무릇 현의 세계라 한다면 이 시의 '검은 당신'은 더 본질적인 원리 안에 위치하는 존재라 할 수 있다. 시에 새겨진 철학적 사유는 이 지점에서 비롯된다. 통증으로 눈을 뜰 수 없어 아무것도 볼 수 없는 봄날의 혼돈 속에 여전

히 '검은 당신'이 존재한다는 사실은 시적 화자가 추구하는
궁극의 세계가 '당신'과 매우 밀접한 관련이 있다는 것을 의
미한다.

그러한 의미에서 앞에 말한 숨은 신으로서 '당신'은 시적
아우라와 그 추구에 대한 욕망과 뗄 수 없는 관계에 놓여
있을 것이라는 추측을 가능케 한다. "얼마나 멀리 갔기에
먼나무라 했을까/ 누가 죽어 먼나무가 되었을까"(「먼나무를
바라보며 생각한다」)에 등장하는 '먼나무'는 '검은 당신'의
구체적 현현이라 할 수 있다. 백석의 '갈매나무'를 떠올리게
하는 '먼나무'를 통한 사유는 검고 보이지 않는 당신에 대한
상상을 현실화하는 계기를 제공한다고 할 수 있다.


   3
인간에게 끝내 변치 않는 인상 가운데 하나는 아마도 먹
거리에 대한 감각적 여운이라 할 수 있다. 이는 시각과 후
각은 물론 미각과 촉각까지 자극하는 근원적 감각을 호출
하기 때문이다. 이 시집에서도 음식에 대한 기억을 통해 생
의 의지를 확인하는 작업들이 인상적으로 그려져 있다.

   추석 장을 보다 경동시장 홍두깨 칼국수집
   차례 기다리는 사람들 틈에 끼여 줄을 섰다가
   겨우 자리잡고 앉아 칼국수를 기다리는 중이다
   밖의 줄은 줄어들지 않고 길어진다
   오래된 고객들
   허연 머리카락에 듬성듬성 이가 남아 있는 할아버지

꽃무늬 모자를 쓰고 지팡이에 줄어든 몸 기댄 할머니

헐렁한 초로의 남정네

그 속에 앉아 서로 바라보는 모두

어떻게 살아냈을까

홍두깨에 밀리는 밀가루 반죽처럼

눌리면 눌리는 대로 납작 엎드렸다가

밀면 밀리는 대로 늘어났다가

접히고 접혀서 설컹설컹 칼에 썰려

뜨거운 멸치맛 국물에 익은 칼국수처럼

등이 굽도록 칼국수 면을 민 주인장처럼

어제와 같은 오늘을 살았겠지

난생처음 본 사람과 마주 앉아

이마에 흐르는 땀을 닦으며

고춧가루 묻히며 잘 먹었다고 일어나

주인이 고맙다며 덕담 주고받는 시간

아무튼 살아가는 일이 고단하고

허기질 때면 다시 올 일이다

언제든 언제나처럼

— 「칼국수를 기다리며」 전문

'경동시장 홍두깨 칼국수집'을 배경으로 한 이 시는 단순히 음식에 대한 묘사에 그치는 것이 아니라 칼국수를 먹으러 오는 사람들에 대한 서사를 담고 있다. "허연 머리카락에 듬성듬성 이가 남아 있는 할아버지/ 꽃무늬 모자를 쓰고 지팡이에 줄어든 몸 기댄 할머니/ 헐렁한 초로의 남정네"들은 "오래된 고객"으로 호칭되는 중심부로부터 멀어진 인간상이다. 시적 화자의 관심은 이들이 '어떻게 살아냈을까'에 있다.

이들의 살아온 내력에 대한 묘사는 사람살이에 대한 알레고리적 성격을 띠고 있다. "홍두깨에 밀리는 밀가루 반죽처럼/ 눌리면 눌리는 대로 납작 엎드렸다가/ 밀면 밀리는 대로 늘어났다가/ 접히고 접혀서 설컹설컹 칼에 썰"린 칼국수처럼 살아온 인생들을 바라보는 시적 화자의 시선은 따듯한 연민으로 가득 차 있다. "어제와 같은 오늘을" 산 평범한 사람들이야말로 이 세계의 참된 주인공이라는 인식을 이 시는 보여준다. 자본주의의 교환가치는 인간마저도 사물화시킨다는 것은 오래 전에 알려진 사실이지만 이후 자본을 넘어서는 어떠한 실천적 사회이념도 내놓지 못하는 것이 오늘의 현실이다.

"눌리면 눌리는 대로 납작 엎드렸다가/ 밀면 밀리는 대로 늘어"나는 여항의 인물군은 "난생처음 본 사람들과 마주 앉아" 국수를 먹으며 서로를 위로한다. 잘난 중심부의 인간들에게서는 찾을 수 없는 가치를 보는 눈이 오래된 사람들의 지혜에는 살아 있는 것이다. 이랬을 때 음식은 단지 먹거리를 넘어서 공동체의 한 표상인 동시에 위안으로 작동하게 된다. "찐 쌀에 물을 뿌려 뒤집어가며/ 질기고 오지게 내려쳐/ 쩌렁 울리던 함성"(「떡메가 고요하네」)에서도 지난 날 공동체가 함께 향유하던 음식에 대한 그리움이 고스란히 새겨져 있다.

호박오가리 한 움큼 물에 불린다

쭈글쭈글한 달이 평평하게 퍼진다

봄의 뿌리와

여름의 기억 말린 호박고지를 펴

달집을 쌓는다

첫 발자국 내디딜 잎과

땅을 움켜쥐고 기진하듯 오를 덩굴손과

꽃 진 자리 가득 맺힐 열매를 위해

불을 놓는다

어울어울 타오르는 묵은 달 위로

찬 바람 환히 비추며

새 달이 뜬다


정월 대보름이다

—「묵은 달」 전문


　얇게 썰어 말린 호박오가리는 가을에 말려두었다가 정월
대보름에 불려 삶아 먹는 우리의 전통적인 음식이다. 말린
호박이 물에 불어가는 장면을 "쭈글쭈글한 달이 평평하게
펴진다"고 형상화하고 있다. 호박오가리와 대보름의 의미
를 시각적으로 연계함으로써 세시풍속이 음식과 관계가 있
음을 보여준다.

　달집을 쌓고 불을 놓는 행위가 다음 해의 풍요로운 수확
을 위한 놀이였음을 감각적 이미지를 통하여 보여준다. '묵
은 달 위로' 뜨는 '새 달'을 통하여 넉넉지 못한 삶 속에서도

새로운 희망을 꿈꾸는 모습을 그리고 있다. 늙은 호박, 정월 대보름, 새 달로 이어지는 상상력을 통하여 여항에서의 삶에 대한 긍정의 미학을 소박하게 그리고 있다. 「묵은 간장」, 「청국장」 같은 시편들도 전통적인 음식에 대한 형상화를 통하여 고단한 삶을 넘어 긍정적인 인간의 삶을 복원하고자 하는 욕망을 보여주는 것이다.

4
시인이라면 시적 자의식을 메타적 관점에서 시쓰기로 드러내는 경우가 허다하다. 강렬한 시의식 저편에 도사린 수많은 사유의 흔적을 읽는다는 것은 시인의 내면적 고뇌를 읽는다는 말과 등가의 의미를 가질 터이다.

잡다한 생각으로 잠을 설치는 밤이 있다
어느 대장장이가 벌겋게 달군 집게로 생각을 집어들고
밤새 망치로 머리를 두드리는 밤이 있다

화덕에 지핀 밤이 풀무질로 활활 타오른다
아침은 찬물에 담긴 쇠처럼 치익 소리내며
언제든 제시간에 온다

날마다 밤은 불꽃에 녹아버린 생각으로 가득하고
숙련된 대장장이의 망치질 온몸으로 받아내는 칼처럼
묵묵부답인 시간의 날
시퍼런 가슴으로 견뎌야 하는 밤이 있다

　이 시는 시적 화자에게 시가 어떻게 오는지 선명한 시각적 이미지를 통해 보여준다. "어느 대장장이가 벌겋게 달군 집게로 생각을 집어들고/ 밤새 망치로 머리를 두드리는 밤이 있다"는 시적 진술은 시를 향한 치열한 의식의 싸움을 여실히 보여준다. 대장장이가 집어든 것이 달군 쇠가 아니라 생각이라는 표현에서 대장장이는 시적 화자의 비유물이라는 추론이 가능하다. 생각을 두드리는 망치는 생각이며 시적 화자는 기꺼이 밤마다 그러한 상황을 받아낸다.

　그리고 "찬물에 담긴 쇠처럼 치익 소리내며"를 내며 아침을 맞이한다. "밤은 불꽃에 녹아버린 생각으로 가득"하다는 것은 시적 화자의 고뇌한 흔적이다. 시인이란 무엇인가에 대해 여러 규정이 있을 수 있으나 그 가운데 하나는 이 글 가장 앞에 말했듯이 '생각하는 사람'이라 할 수 있다. 시란 "숙련된 대장장이의 망치질 온몸으로 받아내는 칼처럼" 시적 주체의 온갖 생각에 망치질 당한 결과인 셈이다. 그럼에도 '묵묵부답'인 경우가 허다하다. "시퍼런 가슴으로 건뎌야 하는 밤"은 "시가 되어 차곡차곡 쌓이고 있"다(「볼펜 서한」)는 결과를 불러오는 것이다.

　김미외 시인에게 시란 아름다운 그 무엇이라기보다는 가시적 세계 이면에 자리한 보이지 않는 세계에 대한 탐구라 할 수 있다. 자신도 정확히 알지 못했던 "내게 숨겨진 말"(「주상절리라는 말」)이 시적 탐구의 대상이었다. 보이지 않는 것을 보는 힘 그리고 그것을 형상화하는 능력이야말로 시인이라는 이름에 값하는 것일 터이다.

> 구름은 떼 지어 흐르다
> 보름달 앞에 머물렀을 뿐인데
> 눈을 가진 물고기가 되었다
> 밤의 고요를 깨우고 싶어
> 움찔되던 속마음 들킨 것처럼
> 잠 언저리 돌던 눈이
> 환한 빛에 껌뻑거리며 뒤척인다
> 텀벙
> 별의 뒷모습에 출렁이고 싶다고 느꼈던 순간
> 절벽 아래로 뚝 떨어지고 마는
> 빗방울의 슬픔이 생각나서
> 하늘은 구름에게 눈을 주었을까
> 바다에 풀어놓은 푸른 중얼거림 건져
> 내일의 새벽노을에 철썩여보라고
> 시야를 밝힌 것일까
> 말랑하고 푸근한 파도가 수런거리고
> 둥실둥실 물고기 지느러미가 출렁인다
> 밤길이 환하다
>
> ―「달은 왜 물고기의 눈이 되었을까」 전문

김미외 시집의 표제시 「달은 왜 물고기의 눈이 되었을까」
는 밤하늘의 구름과 달이란 구체적 형상을 통해 마치 불교
적 간화선看話禪 같은 물음을 던지고 있다. 시인에게 시가

탐구의 결과물이라는 것을 명백히 보여주는 것이라 할 수 있다. 밤새 풀무질 된 이 한 편의 시를 읽는 것으로서 시집의 해설을 마친다.

현대시세계 시인선 **178**

# 달은 왜 물고기의 눈이 되었을까

지은이_ 김미 외
펴낸이_ 조현석
기    획_ 김정수, 우대식
펴낸곳_ 북인
디자인_ 푸른영토

1판 1쇄_ 2025년 03월 31일
출판등록번호_ 313 - 2004 - 000111
주소_ 121 - 842 서울 마포구 서교동 460 - 34, 501호
전화_ 02 - 323 - 7767
팩스_ 02 - 323 - 7845

ISBN 979-11-6512-178-5    03810
ⓒ김미외, 2025